Daily S.O.A.P

What does S.O.A.P. stand for?

S FOR SCRIPTURE

After reading your Bible look back and recall a verse that stood out to you.

O FOR OBSERVATION

Write a brief summary of what you observed. What was happening? Write in detail.

A FOR APPLICATION

Ask yourself how this verse can be applied to you. Maybe it's a word of encouragement or a discipline for a particular area in your life.

P FOR PRAYER

Meditate on what you have journaled so far and how this verse may be applicable to your life. Ask the Lord to bless this prayer time and be open to hear what the Lord has to say! Remember, prayer is a two way conversation, He 's listening, I promise!!

Verse:____________________ Date:__________

S.

O.

A.

P.

Verse: ____________________ Date: __________

S.

O.

A.

P.

Verse:____________________ Date:__________

S.

O.

A.

P.

Verse: ______________ Date: __________

S.

O.

A.

P.

Verse: ____________________ Date: __________

S.

O.

A.

P.

Verse: ____________________ Date: __________

S.

O.

A.

P.

Verse: ______________ Date: __________

S.

O.

A.

P.

Verse: ____________________ Date: __________

S.

O.

A.

P.

Verse:____________________ Date:__________

S.

O.

A.

P.

Verse: ____________________ Date: __________

S.

O.

A.

P.

Verse: ______________________ Date: __________

S.

O.

A.

P.

Verse:________________ Date:________

S.

O.

A.

P.

Verse:________________ Date:__________

S.

O.

A.

P.

Verse: ______________________ Date: ____________

S.

O.

A.

P.

Verse: ____________________ Date: __________

S.

O.

A.

P.

Verse:__________________ Date:__________

S.

O.

A.

P.

Verse:__________________ Date:__________

S.

O.

A.

P.

Verse: ____________________ Date: __________

S.

O.

A.

P.

Verse: ______________________ **Date:** ____________

S.

O.

A.

P.

Verse: ____________________ Date: __________

S.

O.

A.

P.

Verse:____________________ Date:__________

S.

O.

A.

P.

Verse: ____________________ Date: __________

S.

O.

A.

P.

Verse: ____________________ **Date:** __________

S.

O.

A.

P.

Verse: ______________________ Date: ____________

S.

O.

A.

P.

Verse:________________ Date:________

S.

O.

A.

P.

Verse:____________________ Date:__________

S.

O.

A.

P.

Verse: ____________________ Date: __________

S.

O.

A.

P.

Verse: ________________ Date: __________

S.

O.

A.

P.

Verse: ______________________ Date: ____________

S.

O.

A.

P.

Verse: ____________________ Date: __________

S.

O.

A.

P.

Verse:____________________ Date:__________

S.

O.

A.

P.

Verse:____________________ Date:____________

S.

O.

A.

P.

Verse: ______________________ **Date:** ____________

S.

O.

A.

P.

Verse: ____________ Date: ________

S.

O.

A.

P.

Verse:____________________ Date:____________

S.

O.

A.

P.

Verse:______________ Date:__________

S.

O.

A.

P.

Verse:__________________ Date:__________

S.

O.

A.

P.

Verse:____________________ Date:____________

S.

O.

A.

P.

Verse: ____________________ **Date:** __________

S.

O.

A.

P.

Verse:______________________ Date:____________

S.

O.

A.

P.

Verse:______________________ Date:__________

S.

O.

A.

P.

Verse: ____________________ Date: __________

S.

O.

A.

P.

Verse:__________________ Date:__________

S.

O.

A.

P.

Verse: ____________________ Date: __________

S.

O.

A.

P.

Verse: ____________________ Date: __________

S.

O.

A.

P.

Verse:____________________ Date:__________

S.

O.

A.

P.

Verse:____________________ Date:__________

S.

O.

A.

P.

Verse:________________ Date:__________

S.

O.

A.

P.

Verse: ____________________ Date: __________

S.

O.

A.

P.

Verse: ____________________ Date: __________

S.

O.

A.

P.

Verse:____________________ Date:__________

S.

O.

A.

P.

Verse:__________________ Date:__________

S.

O.

A.

P.

Verse:________________ Date:__________

S.

O.

A.

P.

Verse: ______________________ Date: __________

S.

O.

A.

P.

Verse: ______________________ **Date:** __________

S.

O.

A.

P.

Verse: ______________________ Date: ____________

S.

O.

A.

P.

Verse: ______________________ Date: ____________

S.

O.

A.

P.

Verse: ____________________ Date: __________

S.

O.

A.

P.

Verse: ____________________ Date: ____________

S.

O.

A.

P.

Verse: ______________ Date: __________

S.

O.

A.

P.

Verse:____________________ Date:__________

S.

O.

A.

P.

Verse: ____________________ Date: __________

S.

O.

A.

P.

Verse: ____________________ Date: __________

S.

O.

A.

P.

Verse: ____________________ Date: __________

S.

O.

A.

P.

Verse: ______________________ **Date:** ____________

S.

O.

A.

P.

Verse: ____________________ Date: ____________

S.

O.

A.

P.

Verse: ____________________ **Date:** ____________

S.

O.

A.

P.

Verse:____________________ Date:__________

S.

O.

A.

P.

Verse: ______________________ **Date:** __________

S.

O.

A.

P.

Verse:____________________ Date:__________

S.

O.

A.

P.

Verse:____________________ Date:__________

S.

O.

A.

P.

Verse:________________ Date:__________

S.

O.

A.

P.

Verse:______________ Date:__________

S.

O.

A.

P.

Verse: ____________________ Date: __________

S.

O.

A.

P.

Verse: ____________________ Date: __________

S.

O.

A.

P.

Verse: ____________________ Date: ____________

S.

O.

A.

P.

Verse:____________________ Date:__________

S.

O.

A.

P.

Verse:______________________ Date:____________

S.

O.

A.

P.

Verse: ______________________ **Date:** ____________

S.

O.

A.

P.

Verse:________________________ Date:____________

S.

O.

A.

P.

Verse:______________________ Date:____________

S.

O.

A.

P.

Verse: ______________________ Date: ____________

S.

O.

A.

P.

Verse:______________________ Date:____________

S.

O.

A.

P.

Verse: ____________________ Date: __________

S.

O.

A.

P.

Verse: ______________________ **Date:** ____________

S.

O.

A.

P.

Verse:______________________ Date:__________

S.

O.

A.

P.

Verse:__________________ Date:__________

S.

O.

A.

P.

Verse: ______________________ **Date:** ____________

S.

O.

A.

P.

Verse:____________________ Date:__________

S.

O.

A.

P.

Verse: ____________________ Date: ____________

S.

O.

A.

P.

Verse: ____________________ Date: __________

S.

O.

A.

P.

Verse:__________ Date:__________

S.

O.

A.

P.

Verse: ______________________ **Date:** ____________

S.

O.

A.

P.

Verse: ____________________ Date: __________

S.

O.

A.

P.

Verse: ______________________ Date: ____________

S.

O.

A.

P.

Verse: ______________________ Date: ____________

S.

O.

A.

P.

Verse: ____________________ Date: __________

S.

O.

A.

P.

Verse: ______________________ Date: ____________

S.

O.

A.

P.

Verse: ____________ Date: ____________

S.

O.

A.

P.

Verse: ____________________ Date: __________

S.

O.

A.

P.

Printed in Great Britain
by Amazon